VENTE DU MERCREDI 23 DÉCEMBRE 1891

HOTEL DROUOT, SALLE N° 3

OBJETS D'ART

ET D'AMEUBLEMENT

Jolie collection de montres Louis XV et Louis XVI
en or émaillé

PORCELAINES — FAIENCES — BRONZES

Sculptures — Meubles anciens

MEUBLES DE SALON LOUIS

Tapisseries anciennes

BEAU PORTRAIT DE FEMME ATTRIBUÉ A NA

EXPOSITION PUBLIQUE

LE MARDI 22 DÉCEMBRE

De 1 heure 1/2 à 5 heures 1/2

COMMISSAIRE-PRISEUR

Me M. DELESTRE

27, rue Drouot, 27

EXPERT

M. B. LASQUIN

12, rue Laffitte, 12

HOMO
NATVRÆ
IMPRIMERIE DEL ART

CATALOGUE

DES

OBJETS D'ART

ET D'AMEUBLEMENT

Collection de Montres Louis XV et Louis XVI

ANCIENNES PORCELAINES DE SAXE, DE SÈVRES, DE CHINE ET DU JAPON

Faïences de Deruta et de Rouen

BRONZES D'AMEUBLEMENT

Jolie Pendule lyre, Jardinière, Candélabres, Vases Louis XVI
Beau Portrait de Femme, attribué à Nattier
Sculptures en bois, Objets divers

MEUBLES DES XVIᵉ, XVIIᵉ ET XVIIIᵉ SIÈCLES

Jolis Sièges Louis XVI en tapisserie et bois sculpté

TAPISSERIES ANCIENNES

de la Renaissance et à sujets de verdure

En grande partie arrivant de province

ET DONT LA VENTE AURA LIEU

HOTEL DROUOT, SALLE Nᵒ 3

Le Mercredi 23 Décembre 1891

A DEUX HEURES

Mᵉ M. DELESTRE	**M. B. LASQUIN**
COMMISSAIRE-PRISEUR	EXPERT
27, rue Drouot, 27	12, rue Laffitte, 12

EXPOSITION PUBLIQUE

Le Mardi 22 Décembre 1891, de 1 heure 1/2 à 5 heures 1/2

CONDITIONS DE LA VENTE

La vente sera faite au comptant.

Les acquéreurs payeront, en sus de leur adjudication, *cinq pour cent* applicables aux frais.

L'exposition mettant les acquéreurs à même de se rendre compte des objets vendus, aucune réclamation ne sera admise une fois l'adjudication prononcée.

Paris. — Imp. de l'Art, E. Ménard et Cie, 41, rue de la Victoire.

DÉSIGNATION DES OBJETS

MONTRES LOUIS XV & LOUIS XVI

OBJETS DE VITRINE

1 — Très belle montre Louis XV en or, richement ornée de feuillages en relief sertis de brillants, de rubis et d'émeraudes, entourant un médaillon ovale finement peint et représentant le Sommeil d'Endymion. Mouvement à répétition de *Julien Le Roy, à Paris.*

2 — Belle montre Louis XV en or émaillé en plein, offrant des roses sur une tige de feuillages ; le pourtour orné d'un double ruban enroulé autour d'une guirlande de feuilles ; le bouton est formé d'un brillant. Cadran au nom de *Fierville, à Caen.*

3 — Montre Louis XV en or émaillé en plein, offrant un vase de fleurs et des pêches sur une table.

4 — Montre Louis XVI en or ciselé à guirlande de feuillages entourant un médaillon ovale en émail : le Déjeuner de l'oiseau, avec un entourage de jargons. Cadran au nom de *Joffroy, à Besançon.*

5 — Montre Louis XV en or ciselé et émaillé en plein,

représentant une Jeune Femme assise près d'un autel ; l'émail, de forme contournée, est entouré d'une guirlande de laurier et de fleurs, retenue par un nœud de ruban.

6 — Montre Louis XVI en or ciselé et émaillé, offrant le sujet de Daphnis et Chloé, très finement peint et entouré d'une couronne de feuillages ciselés et émaillés en partie.

7 — Petite montre Louis XV en or ciselé et émaillé, enrichie de jargons ; l'émail représente une Jeune Femme assise, jouant avec un chien ; il est entouré d'une couronne de feuillages en relief. Le cadran est également entouré de jargons.

8 — Montre Louis XVI en or ciselé et émaillé : Jeune Fille tressant une couronne de fleurs et ayant un mouton à ses pieds.

9 — Montre Louis XVI en or émaillé, avec entourage de demi-perles ; l'émail, à fond violet, représente l'emblème de la Fidelité.

10 — Montre Louis XVI en or émaillé ; l'émail, de forme ronde, représente un personnage agenouillé devant un autel. Cadran au nom de *Ageron, à Paris*.

11 — Montre Louis XVI en or ciselé et émaillé violet.

12 — Montre Louis XVI en or ciselé et émaillé gros bleu sur fond guilloché, entourée d'une guirlande de jargons.

13 — Petite montre Louis XVI, forme ballon, en or martelé et émaillé.

14 — Très petite montre Louis XVI, de forme sphérique, décorée en émaux translucides gros bleu et bleu empois.

15 — Petite montre Louis XVI, forme coquille, en or émaillé à quadrillages.

16 — Boîtier de montre, forme coquille, en or émaillé rouge rubis orné de demi-perles.

17 — Montre Louis XV à double boîtier en or repoussé, offrant un sujet mythologique. Le cadran, au nom de *Thornton London*.

18 — Petite montre Louis XVI en or ciselé.

19 — Châtelaine de style Louis XV en or ciselé, à ornements rocaille et figures, avec deux cachets : têtes de négrillons en sardoine onyx.

20 — Châtelaine de style Louis XV en or repoussé, à figures mythologiques dans des ornements rocaille, avec un cachet et une clef.

21 — Châtelaine de style Louis XVI en or repoussé, à médaillons de figures allégoriques dans des encadrements enguirlandés de fleurs et de feuillages.

22 — Éventail Louis XV.

PORCELAINES DE SAXE, DE SÈVRES

ET AUTRES

23 — Quatre jolies statuettes en ancienne porcelaine de Saxe, représentant les figures allégoriques des saisons.

24 — Pot en vieux Sèvres, pâte tendre.

25 — Deux flambeaux à figures d'enfants, en ancienne porcelaine de Chelsea.

26 — Figurine en porcelaine de Mennecy.

27 — Groupe de trois enfants, en porcelaine de Chelsea.

28 — Figurine en biscuit de Sèvres.

29-30 — Deux pots à lait en vieux Sèvres.

31 — Théière en porcelaine de Sèvres, décorée de fleurs, et un pot à lait.

32 — Deux pots de pharmacie en porcelaine tendre de Chantilly.

33 — Tasse en ancienne porcelaine de Sèvres, pâte tendre, à rayures bleues et roses.

34 — Tasse en vieux Sèvres, pâte tendre.

35 — Tasse en vieux Sèvres, à décor de paysages.

36 à 38 — Trois tasses en vieux Sèvres, pâte tendre.

39 — Pot à lait et tasse, en ancienne porcelaine tendre de Mennecy.

40 — Cache-pot en ancienne porcelaine tendre de Chantilly.

41 — Groupe de deux figures en vieux Saxe.

42 — Pot à couvercle en vieux Saxe.

43 — Pot à pommade en vieux Saxe.

44 — Groupe en forme de vase, à figures d'enfants, en vieux Saxe.

45 — Grand vase avec oiseau en relief, en porcelaine de
Saxe.

46 — Pot à lait en vieux Saxe.

47 — Deux perdrix en porcelaine de Saxe.

48 — Groupe de trois enfants, en ancienne porcelaine de
Saxe.

49 — Cornet en ancienne porcelaine du Japon, décoré
en couleurs et or.

50 — Cornet en ancienne porcelaine du Japon, décorée
en bleu , rouge et or, avec socle en bronze rocaille.

51 — Deux petits cornets en vieux Japon, avec monture,
à socles et gorges en bronze doré.

52 — Corbeille ovale en porcelaine de Saxe, élevée sur
un pied en forme de vase orné de deux Sirènes en
relief et garnie d'une monture en bronze doré.

53 — Buste de Napoléon en biscuit de Sèvres.

54 — Tasse et sa soucoupe en porcelaine décorée, du
temps de l'Empire.

55 — Sept assiettes diverses, en ancienne porcelaine de
Chine et du Japon.

56 — Grand vase en porcelaine de Paris, du temps de
l'Empire.

57 — Grande coupe couverte en porcelaine de Saxe, avec
monture en bronze doré.

58 — Salière en vieux Chine, décorée en émaux de la
famille verte.

59 — Écuelle et son plateau, en porcelaine de l'Inde.

60 — Écuelle et son plateau en ancienne porcelaine de Chine.

61 — Deux grands vases en porcelaine moderne.

62 — Deux jardinières en porcelaine moderne; sur pieds en bois noir.

FAIENCES

63 — Grand plat de la fabrique de Deruta du xvie siècle, (Diam., 41 cent.). Au centre, deux figures : Homme et femme en buste; sur le fond bleu, une banderole plusieurs fois repliée, avec inscription. Bordure à compartiments, imbrications alternant avec de grands rinceaux recourbés en volutes et terminés par des fleurs.

64 — Grand plat de la fabrique de Deruta. xvie siècle. (Diam., 41 cent.). Au fond, un cavalier turc sur un cheval cabré, dirigé vers la gauche; le personnage coiffé d'un turban, vêtu d'une longue robe verte, un cimeterre au côté, porte une lance. Bordure ornée de trois rinceaux recourbés en volutes et terminés par des fleurs alternant avec des compartiments à imbrications.

65-66 — Deux très grands plats ovales en ancienne faïence de Rouen (long., 65 cent.), à riche décor en bleu; vase de fleurs au centre entouré d'une zone de rinceaux près de la chute et d'une bande de lambrequins sur la bordure.

67 — Plat en ancienne faïence de Rouen, décoré de pagodes et d'une bordure quadrillée en vert avec réserves de fleurs.

68 — Petit compotier en vieux Rouen ; décor polychrome, à fleurs, canard et papillons.

69 — Figurine de Vénus assise, en terre brune d'Avignon, dans le goût de Falconnet.

70 — Assiette en ancienne faïence de Rouen, à décor polychrome de style chinois ; au centre, trois figures ; bordure à compartiments de fleurs.

71 — Bannette en ancienne faïence de Rouen, décorée d'une corbeille de fleurs et d'une bordure en bleu et rouille.

72 — Couvercle de légumier en ancienne faïence de Rouen ; décor polychrome à la corne.

73 — Compotier carré à angles arrondis, en ancienne faïence de Rouen, à décor polychrome à lambrequins et festons de fleurs.

74 — Assiette en ancienne faïence de Rouen ; décor polychrome à fleurs et papillons.

75 — Assiette à bord festonné, en vieux Rouen, décorée en bleu des armoiries de la famille Curault, d'Orléans, avec étroite bordure d'imbrications et ornements, de style chinois. Marque P. Collection *Ploquin*.

76 — Trois assiettes en faïence de Strasbourg et une as-

siette en faïence de Nevers, avec sujet : la Prise de la Bastille.

77 — Bouteille et cornet en ancienne faïence de Delft, à décor bleu à fleurs.

78 — Deux vases piriformes à piédouche à anses têtes de béliers en relief et couvercles ajourés, en faïence de Strasbourg, décorés de fleurs et d'une frise de rosaces.

79 — Deux statuettes : Saint Jean et Saint Mathieu, en faïence de Nevers.

80 — Médaillon rond en terre émaillée : la Vierge et Jésus dans une guirlande de feuillages.

81 — Porte-bouquet en ancienne faïence de Delft.

BRONZES ET SCULPTURES

82 — Jolie pendule Louis XVI, forme lyre, en bronze ciselé et doré, à guirlandes, feuillages et rangs de perles, reposant sur un socle à gorge en marbre bleu turquin orné de motifs de rinceaux et de festons de fleurs. Cadran au nom de *Gavelle le jeune, à Paris.*

83-84 — Deux paires d'appliques Louis XVI, à deux branches porte-lumières, en bronze ciselé et doré ; tiges garnies surmontées de vases et ornées de festons de lauriers.

85 — Deux vases Louis XVI, de forme ovoïde, à piédouche en bronze à patine noire, garnis de deux

anses têtes de béliers, d'une frise de rinceaux et d'un culot en bronze doré; ils supportent un bouquet de lis à six lumières.

86 — Deux candélabres formés chacun d'une figure de femme du temps de Louis XVI, supportant des bouquets porte-lumières en bronze doré.

87 — Belle jardinière oblongue du temps de Louis XVI, en bronze ciselé et doré, offrant sur chacune de ses deux faces trois cariatides de femmes, gainées, dorées au mat, se détachant sur un fond de balustres ajourés.

88 — Deux petits candélabres de la fin du xviiie siècle, composés chacun d'un vase en marbre orné d'un culot de feuilles d'eau et de deux anses mufles de lions en bronze ciselé et supportant trois branches de rinceaux porte-lumières en bronze ciselé et doré.

89 — Deux flambeaux de style Louis XV, en bronze doré, à ornements rocaille et tore de rubans.

90 — Deux flambeaux Louis XVI, en bronze argenté; tige à cannelures et rangs de perles.

91 — Deux grands flambeaux dans le style Louis XIV, en bronze ciselé et doré, de *Barbedienne*.

92 — Bas-relief en cuivre galvanisé : Madone dans une gloire d'anges.

93 — Deux vases Louis XVI en cristal bleu taillé, à pans, avec montures à piédouche, deux anses feuillagées et gorge en bronze ciselé et doré.

94 — Deux petites appliques **Louis XIV**, en bronze doré,

à une branche porte-lumière retenue par un masca-
ron, tête de femme.

95 — Bénitier Louis XIII formé d'une applique, figure
de saint Roch et une tête de Christ, en bronze doré.

96 — Cheval de course en bronze, de Barye fils ; patine
verte.

97 — Petite jardinière oblongue en bronze japonais.

98 — Deux flacons en bronze japonais.

99 — Pendule en marbre, surmontée d'une statuette de
Vénus accroupie, en bronze, à patine brune.

100 — Petit groupe en terre cuite : Jeune Bergère et mou-
tons.

101 — Deux médaillons en terre cuite : Bonaparte et
Kléber.

BOIS SCULPTÉS

102 — Sainte Marguerite, statuette en bois sculpté peint
du xvɪe siècle. La sainte est représentée debout, fou-
lant aux pieds le monstre, et de la main gauche lui
enfonce sa lance dans le flanc.

103 — Statuette de saint Jean en bois sculpté. xvɪɪe siècle.

104 — Groupe en bois sculpté peint et doré : Sainte
Anne. xve siècle.

105 — Groupe haut-relief sans fond en bois de chêne

sculpté : la Mise au tombeau. xvie siècle. (Partie refaite.)

106 — Deux statuettes : Sainte Madeleine et Saint Jean, en bois sculpté du xviie siècle.

107 — Le Christ agenouillé, statuette en bois sculpté du xvie siècle.

108 — Groupe en bois sculpté du xviie siècle : la Vierge portant l'Enfant Jésus.

109 — Deux bustes Louis XIV en bois sculpté et peint.

OBJETS DIVERS

110 — Horloge allemande en forme d'édicule carré à balustres et clochetons en bronze doré ; la base est gravée à ornements et la face est décorée d'un verre églomisé. Collection Delaherche.

111 — Petite horloge allemande en cuivre gravé et doré à figures allégoriques.

112 — Porte-montre Louis XVI en bois sculpté et doré en partie, modèle pyramide.

113 — Boîte oblongue en marqueterie de bois très finement exécutée à ornements et entrelacs. xviie siècle.

114 — Coffret à ouvrage en laque de Chine et une petite boîte avec pelote.

115 — Coffret oblong en fer entièrement gravé à entre-

lacs et arabesques et oiseaux héraldiques. Travail
allemand du xvi⁰ siècle.

116 -- Deux landiers du xvi⁰ siècle en fer et cuivre.

MEUBLES ANCIENS

117 — Régulateur Louis XVI en bois sculpté et laqué en
blanc avec rehauts de dorure, orné de branches de
feuillages, d'une rosace, de tores de laurier et surmonté d'un vase.

118 — Table de bouillotte Louis XVI de forme ronde,
à transformations multiples, en bois d'acajou, garnie
de filets et de moulures de cuivre.

119 — Petite commode Louis XVI en bois de placage,
garnie de bronzes.

120 — Petit secrétaire Louis XVI en bois marqueté à tro-
phée de musique et draperies.

121 — Chiffonnier Louis XVI en bois de violette et bois
de rose marqueté à filets.

122 — Bureau bonheur-du-jour Louis XVI en acajou à
cannelures; il ouvre à cylindre et est surmonté d'une
galerie de cuivre.

123 — Petit bureau Louis XV ouvrant à abattant en bois
de placage marqueté et orné de bronzes d'une époque
postérieure.

124 — Petite commode Louis XVI en marqueterie de

bois de couleur à rosaces, ornée de bronzes et à dessus de marbre.

125 — Écran Louis XV en bois sculpté à rocailles et fleurs, avec feuille en ancien brocart à fond vert.

126 — Table de trictrac Louis XVI en acajou.

127 — Table-console Louis XVI en bois sculpté et laqué blanc, avec entrejambe à double lyre; dessus de marbre.

128 — Console Louis XVI en bois sculpté à guirlandes et laqué blanc, pieds garnis carrés cannelés; dessus de marbre.

129 — Petite console Louis XV en bois sculpté et doré, à deux pieds contournés ornés d'un vase.

130 — Crédence Henri II en noyer sculpté, ouvrant à deux portes ornées de figures allégoriques sculptées en bas-relief; la partie supérieure en forme de dôme.

131 — Meuble Louis XIII à deux corps, le haut surmonté d'un fronton brisé, en bois de noyer à pilastres cannelés et motifs de sculpture à figures et ornements.

132 — Buffet Louis XIV de forme contournée à angles arrondis, en noyer sculpté à ornements dans le goût de Bérain.

133 — Buffet à deux corps en bois sculpté de style Louis XIII; le bas ouvrant à une porte et un tiroir est orné d'un cartouche et de pilastres à consoles; le haut vitré est à doubles colonnettes et surmonté d'un fronton.

134 — Armoire normande en bois sculpté.

135 — Petite stalle Henri II en noyer sculpté; le dossier offre en bas-relief une figure mythologique et est surmonté d'un fronton brisé.

MEUBLES DE SALON ET SIÈGES

136 — Bel ameublement de salon du temps de Louis XVI, en bois sculpté et doré, à rubans, rais de cœur et feuillages, garni de tapisserie fine d'Aubusson, à vases de fleurs et rinceaux. Il est composé d'un canapé et de six fauteuils.

137 — Ameublement de salon du temps de Louis XVI, en bois sculpté et doré, à rais de cœur, feuillages et rubans, garni d'ancien damas à fond rouge.

Il est composé d'un canapé, deux fauteuils et quatre chaises.

138 — Ameublement Louis XVI en bois sculpté, à rubans, fleurs et feuillages, rehaussé de dorure et garni d'ancien velours vert gaufré.

Il est composé de six fauteuils, dix chaises et deux écrans.

139 — Quatre fauteuils Louis XV en bois doré, garnis d'ancienne tapisserie à bouquets de pavots sur fond bleu clair.

140 — Deux chaises Louis XV en bois sculpté, garnies de

tapisserie ancienne, à médaillons de paysages et ornements.

141 — Chaise longue Louis XVI en trois parties, forme carrée, en bois laqué blanc, garnie de damas de soie rouge ancien.

142 — Ameublement de salon Louis XV en bois sculpté naturel, garni de velours gaufré à fond marron, composé d'un canapé, deux fauteuils et une chaise.

143 — Bergère Louis XVI en bois laqué blanc, garnie de velours rouge gaufré.

144 — Canapé Louis XVI, à dossier contourné en bois sculpté et laqué blanc garni de soie, à fleurs.

145 — Deux fauteuils Louis XV en bois sculpté naturel, garnis de tapisserie ancienne à bouquets de fleurs.

146 — Fauteuil de bureau Louis XIV en bois sculpté, garni de canne.

TAPISSERIES ANCIENNES

147 — Suite de quatre tapisseries du XVIe siècle, représentant des animaux et des oiseaux au milieu de fleurs et de verdure, de fontaines, etc.; bordures modernes, à fleurs.

148 — Petit panneau carré en tapisserie d'Aubusson, avec encadrement de fleurs.

149 — Tapisserie de la fin du XVIe siècle, offrant au centre un écusson armorié dans des cartouches et entrelacs ; bordure à trophées et attributs.

150 — Tapisserie Louis XIV, à sujets champêtres, bouquets et paysage, avec bordure de fleurs et de fruits.

151 — Tapisserie à sujet de verdure, finement tissée de soie, représentant un château avec perspective ; encadrée d'une jolie bordure.

152 — Tapisserie du XVIe siècle, à sujets de chasse et petits personnages.

153 — Portière en·ancienne tapisserie, à personnages.

154 — Quelques bordures en ancienne tapisserie.

155 — Trois tapisseries anciennes, à sujets de personnages et verdure.

TABLEAU

156 — **Nattier** (Attribué à). Gracieux portrait de femme en buste, vue de face, couverte d'un mantelet rouge garni de fourrure, un piquet de fleurs dans les cheveux ; elle tient de la main gauche un papier de musique. Cadre en bois sculpté ovale. — Haut., 62 cent.; larg., 51 cent.